KB185511

가을이
나에게 묻는다

김영수 시집

시음사
시사랑음악사랑

시인의 말

유난히 무덥고 긴 여름의 끝자락 비가 내리고 있습니다. 여름과 가을의 완충지대에 선, 마음을 적시며 내리는 비는 여름에게 작별을 고하고 무더위에 지친 이들을 위로하듯이 비를 내립니다. 이제 힘들게 버텨내던 것들이 울긋불긋 단풍으로 물들어 가겠지요. 내가 살아온 삶도 피, 땀, 눈물, 웃음, 환희가 어우러진 추억들이 단풍처럼 아름답게 물들었으면 좋겠다는 생각을 해봅니다.

시인 김영수

QR코드 스마트폰으로 QR 코드를 스캔하면 시낭송을 감상할 수 있습니다

본문 시낭송 감상하기

제목 : 가을이 나에게 묻는다
시낭송 : 최명자

제목 : 백색소음
시낭송 : 최명자

제목 : 내 고향 강진
시낭송 : 최명자

제목 : 은혼 축일에 부치어
시낭송 : 박영애

제목 : 제주의 바다
시낭송 : 최명자

영상은 YouTube 정책 또는 운영 관리에 따라 삭제될 수도 있습니다.

시인은 자연을 이야기하고 시낭송가는 자연을 품었다
글자는 날개를 달아 언어로 날고 소리는 자연에 눕는다

* 목차 *

* 목차 *

* 목차 *

* 목차 *

가을이 나에게 묻는다

단풍이 곱게 물든 가을날
가을에게 묻는다
어쩌면 이렇게 단풍이 곱게 물드느냐고

가을은 말한다
엄동설한을 견디고
봄날 꽃샘추위를 이겨내고
뜨거운 열정을 불태우며
여름날 비바람 견디어내다 보면
그 추억들이 단풍으로 물드는 거라고

가을이 나에게 묻는다
그동안 최선을 다해 열심히 살았냐고
고통도 고뇌도 견디고
장작이 제 몸을 불사르듯
열정을 불태워 본 적이 있었냐고
지금까지 살아온 삶에 후회하지 않느냐고

나는 이제 말할 수 있네
주어진 시간 최선을 다해
열심히 살아왔으므로 후회하지 않는다고,
한때 열정을 불태우며 청년으로 살았던
피, 땀, 눈물, 웃음, 환희가 어우러진 내 삶도
단풍처럼 곱게 물들었으면 좋겠다고.

제목 : 가을이 나에게 묻는다
시낭송 : 최명자
스마트폰으로 QR 코드를 스캔하면
시낭송을 감상할 수 있습니다

백색소음

오 그대여!
나의 벗이 되어다오
눈 내리는 밤은
소리 없이 소복이 쌓여서
그대 품에 묻히게 해다오

맑은 햇살이 비치는
아침이 되면 나에게
졸졸졸 흐르는 물소리와
아름다운 노래 부르는 새가
하늘을 나는 소리도 들려다오

조용히 안개가 되어
숲속 모두를 가리다가
햇살이 가득히 내리면
미련 없이 사라지고
맑은 솔향기에 취하게 해다오

물이 흐르는 골짜기에
모락모락 피어나는
물의 입김으로 밥을 짓고
나무와 하루에 일어난 일을
명상으로 대화하게 해다오.

제목 : 백색소음
시낭송 : 최명자
스마트폰으로 QR 코드를 스캔하면
시낭송을 감상할 수 있습니다

고추

맨몸의 전신을 드러낸 채
더위와 맞서던 초록의 열매
햇살이 투시하듯 환하게 비추면
부끄러운 듯 몸을 비틀며 잎사귀 뒤에 숨어 있다

햇살과 바람의 조화 속에
연둣빛 작은 몸에 엽록소를 입히고
황색 카로티노이드 따라 키를 키우다
빨간색 안토시아닌 옷으로 갈아입는 고추

초록 이파리 속에
매달린 빨간 고추가
장난꾸러기 같은 가을 햇살에
발가벗은 어린아이처럼 수줍게 웃고 있다.

공감으로 영혼 안아주기

꽃은 언어는 향기입니다
향기를 내뿜는다는 것은
누군가 그립기 때문이지요
한마디 언어를 내뱉기 위해
오랜 시간 묵언수행을 하지요

사투 끝에 비로소 날개 펴는 나비
나비의 언어는 화려한 날갯짓
하늘을 향해 나래를 펴는 것은
그의 마음이 외롭기 때문이요
고독을 덜어 내기 위한 몸부림이지요

꽃의 향기에 나비가 반응하고
나비의 날갯짓에 꽃이 웃습니다
그리움과 외로움이 서로 포옹하듯
상대방의 말에 공감해 주는 것은
그의 영혼을 안아 주는 것이랍니다.

가을바람

집으로 가는 길
시원한 바람이 불어왔다

무거웠던 마음을
바람에 날려 버린 듯
발걸음이 가볍다

왠지 걷고 싶어졌다
집으로 가던 길을
돌아서서 무작정 걸었다

길을 걷다가 문득
옛사랑이 떠올라
미소를 지어본다

불타던 정열의 흔적
잊고 있었던 추억을
바람이 흔들어 깨우고 있다.

가을여행

파란 하늘에
하얀 새털구름이
여백이 많은 그림을 그린다

눈이 부시도록 햇살은 쏟아지고
물소리 새소리가
소녀들의 감성을 깨운다

예쁜 표정도 지어보고
계곡물을 따라 흐르는
빨간 낙엽에 까르르 웃어도 보고
동화 속 소녀의 입가에도 미소가 가득하다

솔바람이 귓가에 속삭이듯
스쳐 가며 동행하던 길
빨갛고 노랗게 단풍이 수를 놓고
내내 바람에 친구가 되어
흔들리던 억새가 하얀 손을 흔들어 반긴다

길가에 늘어진 나뭇가지
일찍 잎을 떨군 낙엽들
호숫가에 길게 드리운 그림자
깔깔대던 소녀들의 웃음소리도
오늘은 마음을 열고 웃으라 한다.

가을날의 어머니

가을엔 어머니가
하늘 마당에 길게 늘어진 빨랫줄을
장대에 걸어 높이 세우고
눅눅한 마음을 말리신다

여름내 찌든 묵은 때
깨끗이 빨아 하얀 뭉게구름
뭉게뭉게 예쁘게 걸어 두고
사랑스러운 눈빛을 보내신다

나는 하얀 솜사탕처럼
달콤하고 가벼운 마음으로
팔베개하고 하늘에 걸린
엄마의 마음을 바라본다

어머니는 그리움을 펼치듯
추수한 알곡처럼
하늘 마당 가득히
새털구름도 펼쳐 놓으셨다

어머니는 보고 싶다
그립다
사랑한다. 말 대신
하늘에 그림을 그리셨구나.

강천산에서

강천산 단풍이 곱기도 하다
형형색색의 나뭇잎이 예쁘게 화장하고
잔잔한 호수에 새색시인 양 앉아 있다

바람이 잔잔한 호수를 스치면
곱게 물든 강물이 흔들리고
하늘빛이 은빛으로 녹아내린 듯
물비늘이 곱기도 하다

햇살이 벌건 얼굴을 들이민 호수에
바위 밑에 어리는 그림자
시커먼 눈물을 쏟아 낸 듯
웅크린 바위가 야속하다

한가로운 길가에 소녀들이
단풍에 취해 깔깔대는 웃음소리에
떼 구르 구르던 낙엽이 멈추고
행복한 웃음소리 따라 웃는다.

가로등에 비치는 허상

가로등은 누구에게나 그림자를 안긴다
허상은 그림자로 와 자신을 바라보지만
빛은 가까이에 그림자를 드리우지 않고
어둠도 빛의 그림자는 지우지 않는다
빛이 길이라면 어둠은 또 다른 통로다
누구나 세상에 올 때 그림자를 달고 와
갈 때는 그림자를 앞세우고 가는 여정
산다는 건 빛이었다가 어둠의 그림자로
등에 진 빛이었다가, 그림자를 앞세우는
머물고 싶어도 강물처럼 흘러가는 삶은
그림자의 허상이 우주를 떠도는 것이다.

겨울나무

억지로 끼워 맞춘 누더기처럼
세상은 두서없이 얽히고설켜 있는데
이승 건너 저승은 어느 산속 절집
용마루 너머 다른 세상 있나 보다

황량한 바람은 불어 대고 있지만
아직 가시지 않은 잔상의 어머니
사랑이 떠난 나뭇가지에 걸터앉아
정에 흔들리는 망각의 잔 비우시네

잘 가시라 고개 숙이고 돌아서는 길
윤회의 맑은 물 흐르는 미타교 건너
겨울나무 빈 가지 끝에 떨고 있는
영혼을 달래는 목탁 소리 애달프다.

겨울은 사랑을 품는다

님이 품은 설레임으로
고운 빛깔로 오시는 봄

분주함으로 빚은
맑은 빛깔로 맞는 여름

풍성하고 넉넉한 마음이
청명한 빛깔로 익어가는 가을

정성으로 빚은 빛깔들
뜨거움 모두 내려놓으라

고요하게 고요하게
다독이듯 내리는 하얀 눈

한 해 수고로움 포근히 덮어
하얀 빛깔로 품어 주는 겨울.

겨울의 길목 인제 천리길(7-2)

앙상한 나뭇가지 사이로 내려다보던
파란 하늘이 긴 한숨을 토해낸다

아무도 찾는 이 없는 밤이면
나목은 스치는 바람을 붙잡고

별똥별이 떨어지는 소리처럼 툭
내뱉은 그리움이 산속을 헤매고 있다

희망과 기쁨, 환희를 노래하던 봄
자신감과 오만함이 넘쳐나던 여름도

풍성한 결실을 맺었던 가을은, 또다시
웅크린 채 새 희망을 잉태하는 숲길

나무들이 떨궈 놓은 낙엽들은
외로움으로 이어진 오솔길 모퉁이

오두막집 안방 아랫목을 덥히는
누더기 이불처럼 희망을 품고 있다.

겨울의 말

살을 엘 듯한 추위와
눈보라 휘몰아쳐도 혹독하고
잔인하다 말하지 말아라

저 얼어붙은 땅 밑에서
출산을 기다리는 숨소리 들리고
양수가 땅을 적시는 소리 숭고하게 들린다

産苦의 진통을 겪고 있는
여신의 몸부림을 어찌 혹독하고
잔인하다고 말할 수 있느냐

머지않아 얼음을 녹이고
잉태한 여린 초록의 싹 움트는 것이
분만의 진통처럼 사랑스럽지 아니하냐?

고난으로 포장한 행복

철조망에 걸려 너덜거리는 천 조각처럼
쓸데없는 자존심만 펄럭거리며
가난이라는 수렁에서 허우적거렸다

한 발을 빼내면 다른 발이 깊이 빠져들어
현실을 외면할 때마다 시름은 더 깊어지고
담배 연기 자욱한 고뇌를 고래처럼 내뿜는다

금수저가 아닌 흙수저 계급장이
발버둥 치는 반지하 창틀에 걸리고
찬란한 햇빛조차 외면하는 어두운 골목길

겹겹이 고난으로 포장된 행복은
포기하지 않는 사람만이 쟁취할 수 있다며
막걸리 한 잔에 희망의 노래 부른다.

고래가 꿈꾸는 바다

왜 바다를 꿈꾸는 거니
고래고래 나는 고래야!
나는 지금 바지 밑단을 고치고 있어
내 꿈이 작아서가 아니야
때로는 작은 불편을 스스로
해결할 때도 있는 거야
작은 일을 해결할 수 있어야
큰일도 해낼 수 있지
내 앞에 작은 일부터 하다 보면
한 발짝 한 발짝 산을 오르다 보면
어느새 높은 산 위에 있는
나를 볼 수 있을 거야
바다를 두려워하지 마
깊고 넓은 물 위로 헤엄을 쳐봐
처음부터 잘할 수 없는 거지만
자꾸 하다 보면 잘할 수 있지
세상은 그런 거야
그냥 세상 속에 빠져서
허우적거리다 보면 세상도
나를 받아들이게 돼
고래고래 나는 고래야!
넓은 바닷속을 헤엄치는
나의 하얀 미소를 보았니
너를 응원하는 거야.

고요한 아침

이른 아침 고요 속에
어둠과 밝음은 서로 섞여 있다
창밖으로 보이는 세상은
티끌 하나 없는 유리처럼 투명하다

바람도 자는 안식의 시간
새들도 나무도 모두 조용하다
무성영화 필름을 돌리던 기계가
멈춰 선 듯 세상이 멈추어 있다

이런 고요함을 느낀 적이 있었던가
정적을 깨는 것이 두렵다
무욕의 평화란 이런 것일까
마음속에 평화를 위하여 침묵한다

시간이 지날수록 어둠은 작아지고
밝음은 작은 어둠을 감싸안는다
오늘도 감사와 사랑의 마음으로
하루를 시작하는 희망의 아침이다.

곰배령

곰이 좋아라 드러누워
춤을 추는 천상의 화원
야생화 풀꽃들의 세상에
친구야 우리도 함께하자

너도 좋고 나도 좋아서
맑은 영혼들을 풀어두고
유유자적 그리운 시간을
바람이 안개를 지우고 있다

물 흐르고, 바람이 이는 곳
어서 가자 보채는 이 없다
얼씨구 신명 나게 춤추면서
탐욕도 미련도 내려두세나

점봉산도 좋아서 미소하는데
슬픈 사연일랑 여기다 두고
팔베개하고 하늘을 보면서
곰배령에 잠시 쉬어가세나.

그대 고향이 그리운가요

소함산 산자락에 옹기종기
서로를 의지하며 살아가는 사람들
마을 어귀 비석거리, 도둑갱이
정다운 이름들 왼쪽에는 함정굴

오른쪽은 대개로 가는 산모퉁이 길
어릴 적 꿈들이 묻혀 있는 고향
이 터에서 얼마나 살았기에 수구초심
향수에 젖어 잊지 못하실까

나그네 타향살이에 머리카락
하얗게 백발 되니 더욱 그리워라
소함산에 올라 목청껏 소리치고
모작 골을 내닫고 얼구개 재를 돌아

도둑갱이 주막에서 친구들 모두 불러
막걸리 한 잔에 회포를 풀고 싶다마는
주막은 어디 가고 친구는 또 어디 있느뇨
오늘도 향수에 젖어 그대를 불러보네.

그리움

한가로운 오후
감미로운 음악이 흐르고
살랑이는 나뭇잎 사이로
들릴 듯이 가까운 고요가
손짓하는 그대의 영상

오월의 따뜻한 햇살로
애틋한 뻐꾸기 소리 애달프고
만감이 뒤엉킨 시방
그대 또한 그리운 이 시간

팔베개하고 하늘을 본다
아!
보고픈 얼굴
에메랄드를 닮은 그대여

피어나는 구름에
내 사연 실어 보낼까나
그리운 이여
그러면 그대는
내가 더욱더 그리울 테지.

그리움

새벽 창가에서
동쪽 하늘을 바라보면
반짝이는 눈빛으로
내려다보는 샛별
아버지, 나는
당신인 줄 알고 있어요
때로는 낮달로 오시는 것도

화창한 봄날
뜨락에 서면
부드러운 햇살이
따뜻하게 앓아 주지요
어머니, 나는
당신인 줄 알고 있어요
살랑이며 얼굴을 어루만지시는 것도

새벽이면
동쪽 하늘을 바라보고
길을 걷다 문득
하늘을 올려다보는 것도
추운 겨울을 견디며
봄을 기다리는 것도
모두 당신을 향한 그리움입니다.

그리움이 흐르는 시간

붉은 노을이 질 때 뒷동산 바위에 앉아
해 지는 모습을 말없이 바라보던 내 친구

그 순수하던 눈망울이 아련하게 떠올라
하늘에 하얀 뭉게구름처럼 나래 펴는 저녁

긴 호흡 따라 어디선가 낙엽 태우는 내음이
코끝을 스치면, 문득 고향 돌담이 눈앞에 선하다

고향집 부뚜막에 낙엽으로 불을 지피면
검정 무쇠솥이 주르륵 눈물 흘리던 모습

분주한 어머니의 하얀 저고리 사이로
향수처럼 피어오르던 낙엽의 속삭임처럼

옛 추억은 가까이서 시냇물처럼 흐르고
인자한 어머니의 미소가 손에 잡힐 듯 그립다.

꽃씨를 뿌리며

동토의 땅에 해빙의 조짐이 보이고
따스한 바람이 햇살과 조우하던 날
팍팍하고 메마른 검불 같은 꽃씨를
꺼내어 땅을 헤집고 씨를 뿌린다

꽃씨들은 얼마나 싹을 틔워 나올까
행여 하는 희망의 꽃씨를 뿌린다
싹이 트는 일이 하도 숭고해서
대지에 물을 뿌려 씨앗들을 깨운다

사랑이 아니면 싹이 틀 리 없다
잠에서 깨어 일어나라, 일어나라
수없이 되뇌고 되뇌어 부르면
꽃씨들은 내가 부르는 소리에
졸린 눈을 떴다 감았다 하면서
싸그락싸그락 싹 틔울 준비 하겠지.

꽃에 대한 단상

花無十日紅 열흘 붉은 꽃 없다
오늘은 왠지 옛 속담이 무색하다
버스 정거장에 줄지어 늘어선 화분
피튜니아 꽃이 예쁘게 피어 있다
오래전부터 향기를 뽐내고 있었지만
바쁜 척 시선을 마주치지 않는다

눈을 마주치면 곱다 말하고
쓰다듬으며 웃어줘야 하지 않을까

웃는 일이 그리 어려운 일인가
누군가는 꽃을 심어 꽃처럼
활짝 웃는 모습을 보고 싶었지만
여유를 갖지 못해 웃지 못하는
사람들에게 꽃은 웃으며 말한다
웃으면서 살아가라고...

깨복장이 친구들

고향으로 향하는 고속버스 안에서
창밖으로 스치는 풍경은 변함없는데
유리창에 투영된 어릴 적 친구 얼굴
깨복쟁이 친구들 안부가 궁금하다

고속버스처럼 바쁘게 살아온 날들
빠르게 달려가 맞이한 게 무언가
그리움도 잊고, 설렘도 잊은 채
환하게 웃어주던 꽃들의 미소도

나의 살던 고향 노래도 잊어버리고
같이 놀던 친구의 해맑은 웃음도
하얀 아카시아 꽃향기마저 잊은 채
빨리 달려가 맞이할 끝은 무엇인가

이제까지 살아온 이야기와 풍경은
삶에 속아 더 나은 내일을 꿈꾸지만
항상 내일이 아닌 오늘의 시작이었지
오늘은 얼싸안고 해맑게 웃어 보세나.

꿈

엄마는
베틀에 앉아
누에고치
꿈을 풀어
한 올 한 올
비단 짜고

아이는
엄마 옆에
턱 고이고 앉아
상상의 나래 펴고
해맑은
꿈을 그린다.

나를 위한 노래

지나온 날들은 모두가 아름다웠노라
절망에 빠져 허우적거리던 날들도
돌아보면 퍼즐의 한 조각처럼 내 삶에
한자리를 아름답게 채우고 있었네

나를 힘들게 했던 고뇌와 고통도
지름길을 놔두고 먼 길을 돌아왔던 날도
미로 속을 빙빙 돌고 돌아서 찾은 길도
그런 날들이 없었다면 지금 이 시간은
밋밋하고 그저 무의미한 시간이리라

여명이 어둠을 밀어내듯이 희망이 온다
두려움이란 나 스스로를 묶는 오랏줄
오금이 저려 오면 잠시 숨을 고르고
나를 어르고 달래 가면서 용기를 북돋아
두려움을 몰아내려 애쓰던 때도 있었다

잘 한다 잘 하고 있다. 다독이던 시절
할 수 있다 할 수 있다고 수없이 되뇌며
어려워하지 말라고 두려워하지 말자고
크게 노래 부르며 스스로를 위로하던 시절도
이 모두가 아름다웠다고 말할 수 있겠네!

나의 고향

넓은 들판 동쪽 끝에
탐진강이 흐르고
반짝이는 모래를 씻어내듯
살물결이 은빛으로 일렁인다

뒷동산 산기슭 애기 바위가
전설을 품은 애잔한 모습으로
노을 지는 석양을 바라보면
바위에 앉아 무릎 세워 깍지 끼고
발가락 장단에 노래하던 곳

그리움이 밀려드는 한때
팔베개하고 하늘을 바라보면
그리운 얼굴들이 석양에
긴 그림자로 다가오고
추억이 깊게 묻히고 쌓여서

마침내 전설이 되고서야
문득 사랑으로 다가오는
이곳은
내가 자라고 꿈을 키우던
나의 고향이다.

낮달

뜬금없는 아버지 생각에

울컥, 하늘 한 번 쳐다봅니다

하얀 낮달이 아버지처럼 내려다봅니다

내 어릴 적 하늘나라 가신 아버지

오늘은 낮달로 오셨나

울적한 마음 달래주려고

그리움은 낮달처럼 소리 없이 다가와

앙금처럼 가라앉은 추억을 휘저어 놓습니다.

내 고향 강진

청자의 고장
남도 답사 일번지 강진을 아시오
월출산이 아버지의 가슴으로 감싸안고
어머니의 젖줄이 넘쳐흐르듯
탐진강이 흘러 유유자적 머물다
넓은 들판을 휘돌아 바다에 이르는 곳

지친 파도가 쉬어 가는
바다의 고향 강진만을 아시오
거친 파도로 쉼이 필요한 바다
포근히 감싸안아 쉬게 하여
청자의 푸른 심장을 달고
다시 일어나 넓은 바다로 향하는 곳

다산이 백성을 위로하던
위로의 고향 강진을 아시오
백년사 동백이 정열의 붉은 꽃으로
상처받고 서러운 이의 마음을 어루만져 주고
선홍빛 꽃송이가 미련 없이 떨어질 때
나는 괜찮네! 다른 이들을 위로하며 가는 곳

어머니의 바다 구강포에 서면
아련한 그리움이 갈대처럼 흔들려 오고
출렁이는 바다 물결 따라 전해오는 바람의 이야기
아홉 강을 아우르듯 따뜻하게 품어 안고
추억이 깊게 묻히고 쌓여서 별빛으로 흐르는 곳
엄마 품속 같은 내 고향 강진.

제목 : 내 고향 강진
시낭송 : 최명자
스마트폰으로 QR 코드를 스캔하면
시낭송을 감상할 수 있습니다

노랑 나팔 수선화

햇빛 찬란한 봄날
초록 꽃대
길게 곧추세우고
햇살을 향해 웃고 싶지만
등지고선 전설의 꽃

봄비가 내리면
그저 그리움만으로
화안한 향기 풍기며
등불처럼 뜨락을 밝히는
봄날의 유혹이 황홀하다

나를 품어온 사랑을 향해
초롱초롱 눈망울 반짝이며
아가처럼 활짝 웃어주고
봄 처녀 마음에 곱게 핀
노랑 나팔 수선화.

눈물

눈가에 맺힌 마알간 고요가
슬픈 얼굴에 동정을 부른다
파란 풀잎에 맺힌다면
이렇게 고울 이름을
눈가에 맺혀 눈물이라 하였으랴

내 고이 숨겨 두었던
억센 감정을 인내로 견디어 낸
이 외로움
나도 모르게 흘러내리는
인정을 왜 눈물이라 하였으랴?

진정으로 고운 눈물은
아무 때나 슬프지도
아무 때나 외롭지 않은
고운 사랑으로 맺힐 것이지

주체할 수 없는 눈물은
어이해 자꾸만 흐르는가
아침 햇살을 따라
파란 풀잎에 이슬로 내릴 것이지.

꿈을 꾸는 소나무

봄날 산등성이 암솔이
소슬바람에 솔향기 풍기면
누렇게 익은 송홧가루
파란 하늘에 휘날린다

바람이 불어야 비로소
수컷의 씨를 뿌리고
짝짓기 하는 소나무
바람이 중매를 서는 날이다

바늘처럼 뾰쪽한 푸른 잎은
멀리 있어도 임 향한 일편단심
청정한 마음 변치 않는 지조로
사시사철 청년의 푸른 꿈을 꾼다.

단비 내리는 아침

마른 창문을 두드리는
빗소리에 눈을 뜨면
가슴에 젖어드는 단비

그리운 님이 오시는가
밤을 새워 저벅저벅
먼 길을 단비가 적신다

걸음마다 보슬거리며
파삭한 대지를 적시고
게으른 이들을 깨운다

가슴 저린 고독을 견디며
그리움 안고 오시는 님
사랑의 비가 되어 내린다.

동백꽃

터질 듯 터질 듯이
애태우던 꽃봉오리
아가들의 미소처럼 방긋
선홍빛 꽃을 피웠습니다

봄부터 키우던 꽃봉오리
엄동설한에 꽃 피우고서
차가운 바람에 파르르 떨리던
시린 손 덥히려 더 붉게 피웠나

꽃이 질 때도 미련 없이
봉오리를 함께 툭 놓아주는
아쉬움도 눈물도 없는 꽃
빨간 동백꽃이 피었습니다.

동산의 꿈

고향 떠나올 제, 아쉬움을
뜰 앞에 선 엄마의 눈빛으로
잘 다녀오라 손 흔들어주고,
감당곡 고갯마루 돌아서면
어서 오라 반기던 마추쟁이

아버지의 가슴을 품은 동뫼
아이들의 꿈을 펼치던 동산
어릴 적 뛰어놀던 함성이 모여
가슴에 낮은 음으로 쌓여
노래가 되고 향수가 되었네

고향은 순수한 어린아이가
행복한 꿈과 희망을 키우던
추억들이 쌓인 보물창고다
허전할 때 듣는 위로의 노래요
해맑은 미소 간직한 그리움이다.

라비앙 로즈에서

그물에 걸린 바람의 영혼은
돌부리에 걸린 수레바퀴처럼
멈춰버린 시간을 되돌리고 있다
물살을 거스르는 연어의 혼이
불빛에 하얗게 부서지는 밤

장밋빛 인생을 꿈꾸던 시절의
청춘들은, 잃어버린 꿈을 묻고
이방인처럼 둥지를 떠나 찾아온
이국의 커피 향이 가득한 카페
추억을 떠올리는 라비앙 로즈

별이 보석처럼 반짝이던 창가
커피 향에 취한 듯 음미하던 그대
그대가 꿈꾸던 삶, 장밋빛 인생은
찻잔에서 따뜻한 온기가 느껴지듯
하얀 장미 향기를 품었으면 좋겠다.

마음을 주체할 수 없을 때

나는 바다를 만나러 간다
바다는 속이 깊으니까
바다는 마음이 넓으니까
마음을 툭 터놓고 이야기해도 된다

하얀 파도가 손짓하며 반기는 바다
나는 아이처럼 바다를 바라보고
눈빛으로 서로를 느낄 수 있는 시간
바다의 품 안에서 위로를 얻는다

파도는 모래 위에 부서지고
모래는 발밑에 부서져 흩어지지만
파도는 쉬지 않고 철썩철썩
화석처럼 굳은 마음을 허물고 있다

마음을 주체할 수 없을 때
나는 바다를 만나러 간다
바다는 속이 깊고, 마음이 넓어
마음을 풀어 헤칠 수 있어 좋다.

마음의 옛 살터

꼬꼬지부터 큰 나무로 버티고 선
듬직한 느티나무 같던 아버지
큰 그늘에는 늘 어머니가 계셨다

암탉이 서리병아리 품듯
살붙이를 품에 안고 애오라지
울타리 안에서 다솜을 쏟으시던 어머니

어느 날 아버지는 별이 되어 떠나고
아버지를 그리워하시던 어머니를 보며
울타리를 넘어 댓바람에 떠나온 옛 살터

두 분을 생각하면 가슴이 먹먹해 온다
이제는 하늘에서 살붙이들을 지켜보고 계실
아버지와 어머니는 마음의 옛 살터이다.

* 꼬꼬지 : 아주 옛날부터
* 서리병아리 : 이른 가을에 알에서 태어난 병아리
* 살붙이 : 혈육으로 가장 가까운 사람, 부모 자식의 관계에서 쓰는 말
* 애오라지 : 오로지를 강조하여 이르는 말
* 다솜 : 사랑
* 댓바람 : 서슴치 안고 한 번에 바로
* 옛 살터 : 살아 나갈 밑바탕이 되는 터전, 고향

마지막 날에도 행복했으면 좋겠다

마지막 남은 달력 한 장
서로 손을 잡고 있던 동료들이
한 장 한 장 찢겨 나갈 때마다
그렇게 아프고 허전한 마음
이제는 더 이상 마음 둘 곳 없어
문틈으로 새어드는 바람에도
이미 떠나간 영혼처럼
무게 없이 흔들리는 세밑
모두가 끝이라고 자포자기할 때
희망을 이야기하는 그대 있네
그래, 다시 손잡고 일어나
서로 사랑했으면 좋겠다
네가 행복했으면 좋겠다.

만추(晩秋)

서슬 퍼런 칼날처럼
하늘은 푸르다 못해 저리 시리다
추풍은 골목을 안아 돌고
옷깃을 여민 나는 늦은 가을을 이야기한다

아! 가을은 잔인하구나
비수처럼 예리하게 내 심장을 도려내고
이렇게 나를 아프게 하다니
가을은 왜 나의 가슴을 시리게 하는 것이냐

텅 빈 가슴에 조용히 내려와 앉은 티끌은
꺼지지 않는 불씨로 싸늘한 심장을 데우고
엄동설한 견디어 봄날 새싹 피울 희망이
가슴에서 다소곳이 숨을 고르는 가을이여!

맞선 보던 날

감미로운 음악이 흐르던 카페
머릿속은 얽히고설킨 거미줄
마음은 콩닥콩닥 미묘하다
외로운 마음이 나를 이끌었나

설레는 마음 안고 기다림의 시간
우수에 찬 듯한 여인이 앞에 앉는다
입가에 옅은 미소가 내 마음에 꽉 찬다
말주변 없는 내가 말문을 열었다

사랑이 무엇이라고 생각하시나요
어느 때 가장 비애를 느끼셨나요
나도 모르게 내뱉은 말, 이미 엎질러진 물이다
조용히 우수에 잠기던 여인~

사랑은 서로의 마음을 나누는 것이요
내 마음이 내 뜻대로 되지 않을 때
비애를 느꼈노라며, 내 눈을 지그시 바라본다
애절한 내 눈에 콩깍지를 씌우는 중이다.

몽골을 생각하며

푸른 초원에서 쏟아지는 별빛을
바라보며 몽골을 생각한다
천진벌덕 언덕에서 말채찍을 잡아채던
칭기즈칸의 기상과 초원의 함성을 듣는다
역사는 흐르고 먼 옛날 저편의 기억을 더듬어
드넓은 초원에서 마상의 영웅을 본다
칭기즈칸의 기상과 영화가 여기 보인다
말 위에서 사자후를 토한다
사랑하는 나의 병사들이여!
우리의 찬란한 기백이여~ 진격하라!
무구한 함성은 누구의 기를 꺾으려 함인가
하늘을 찌르던 기상도 화려하던 영화도 이제는
조용한 속삭임으로 파랗게 내려앉아있다
아~ 찬란함이여!
영화로운 시절이여!
영웅호걸은 어디에 묻혀서 천년을 보내고 있는지
병사들의 함성과 영웅의 장대한 기상을 다시 보고 싶다
흩어진 부족들을 모아서 다시 한번 그 옛날의
영화를 재현하여 아직 살아 있음을 보여주시라
사슴을 타고 하늘로 오르는 민족
잠자는 용사들 몽골리안들이여!
늑대처럼 용맹스럽고, 흰 사슴처럼 아름다운 부족
샤먼의 고향~ 어머니의 바다여!
침묵하는 영혼들이여!
잠자는 칭기즈칸의 기상을 깨우라
천년의 꿈을 깨우라.

백련화

물안개 피어오르는
고요한 아침, 백련지
불쑥 솟아오른 가녀린 꽃대에
백설같이 하얀 꽃봉오리
두 손 모으고 기도를 한다

處染常淨 처염상정
평생 자식 위해 분주하신 어머니
당신은 진흙밭에 서서
발에 흙이 묻을세라
자식을 떠받들고 사셨지요

오늘은 하얀 저 꽃봉오리가
이른 새벽 정화수 떠놓고
두 손 모아 기도하시던 어머니 같아
그리움으로 살며시 안아 보지만
사무친 가슴은 못내 애달프다.

벗에게

삶이란
넓은 들판과 같은 것이라서
외로울 수밖에~
혼자서는 더 외로울 거야

고독한 여정의 길
그대가 있어
옆에서 말없이 걸어도
얼마나 위로가 되는지

고독이 몸부림칠 때
불현듯 말을 걸고
벗이라는 이름으로
꽃처럼 다가온 그대

곁에 있어, 항상
고맙고 감사하다
말하지 않아도 느낄 수 있는
그대는 사랑이요. 그리움이다.

벗이 그리운 날

바람이 스쳐가는 허공에
벗이 보고 싶다. 말하면
수평선 끝에서 파도를 타고
그리움으로 밀려오는 그대

벗이 한없이 그리운 날
창가에서 눈을 감으면
바람이 朋友~ 봉우~
창문을 두드리는 소리 들린다

눈을 크게 뜨고 창밖을 보면
그대는 어린아이처럼
나뭇가지를 흔들고 있었지
살며시 창문을 열면 와락~

나를 안고 얼굴을 부비는 그대
반갑다고, 보고 싶었다고
내 안부가 궁금했었다고~
그대에게, 나는 또 허물어진다.

병원에서

보이지 않는 힘으로 나를 이끄는 병원
자신감 넘치는 패기로 두려움 없이 살아왔건만
짓누르는 중압감에 서투른 몸짓은 주눅이 들었다
환자복으로 갈아입으니 영락없이 중환자가 되었다
팔에 주삿바늘을 꼽고 줄을 달아 수액이 흐르니
자유가 박탈된 수인이다

누구를 위한 자유였던가
또 누구를 위한 속박인가
수술실로 향하는 침대 너머 사자의 모습이 보인다
나는 수의에 쌓인 채 사자가 이끄는 곳으로 따라갔다
삼도천을 건너, 레터의 강에서 망각의 강물을 마시니
과거를 모두 잊어버리고 전생의 번뇌에서 벗어났다

다른 세상에 눈을 뜨니 몸은 부자연스럽고
고통은 서서히 심해지고 있다
이곳은 분명 다른 세상인 거다
이제껏 사랑하며 살을 비비던 사람들이 아니다
내가 살면서 함부로 살았던 죄의 대가를 치르는 거다
아내와 아이들이 다가온다. 더 이상 죄를 짓지 말고 살자.

봄 아씨

봄 아씨 오신 다기에
창문을 열고 창밖을 기웃거리다
언제 오실까 아쉬움에 돌아선다
어머나~
언제 오셨는지 가냘프고 여린
연분홍빛 꽃잎 하나
살며시 날아와 앉아 있다
전령으로 오셨나요
물어도 대답이 없다
봄 아씨는 벌써 오셨노라고
눈짓하는 꽃잎 아씨
어찌 그리 무디냐고 핀잔이다
봄은 눈으로 보는 게 아니란다
마음으로 느끼는 거라고~
부끄러운 마음이야 어쩔 수 없다.

봄

오라 그대여
그대는 계절의 여왕
마른나무 가지에 물이 오르고
만물이 약동하는 봄
그대의 힘을 찬양하노라

보라!
저기 언덕에는 벌써
그대의 입김이 서리고
보리가 커가는 곳에
너울너울 나비가 춤을 춘다

오호라!
그대는 마술사
그대의 입김에
시린 손 호호 불던 겨울 가고
싱그러운 새싹 돋아난다

그대의 부드러운 음성은
개구리눈을 비비게 하고
그대의 자장가 소리에
엄마 등에 업힌 아기
스르르 오수에 존다.

봄은 희망이다

봄비가 내린 후
상쾌한 바람이 스쳐 갑니다
새롭게 피어난 새싹이며
풋풋한 나뭇잎이
마치 목욕을 마친 아기처럼
귀엽고 사랑스럽습니다

살랑대는 나뭇잎에 살며시
입 맞추면, 엄마 젖 내음을
풍기며 안겨 오는 소슬바람
풋풋한 살 내음에 눈을 뜨면
봄은 해맑은 아기의 미소로
행복한 웃음을 안겨 옵니다 .

봄이 오면

봄이 오면
지워지지 않는 그리움 하나
아지랑이처럼 피어오른다

어릴 적 살던 집
앞마당 장독대
울타리에 피던 꽃

아지랑이 아롱거릴 때
언제 누가 먼저 피었는지
울타리에 지천으로 피어나던

골담초 꽃
아버지 꽃
아니 어머니 꽃

봄이 오면
함박꽃처럼
내 마음속에 그리움으로 피는 꽃.

봉산 산등성이 엄마 참나무의 고뇌

상수리들아! 지금부터 엄마 말 잘 들어야 한다
이제 곧 땅에 떨어지거든 동쪽으로 굴러라
서쪽은 겨울이 되면 매서운 바람과 추위 때문에 살기가 힘들다
그러니 무조건 동쪽으로 굴러야 한다
행여 그게 마음대로 되지 않아 서쪽으로 가거든 낙엽 속에
꼭꼭 숨어라
따뜻한 봄이 오거든 싹을 틔우고 뿌리부터 튼튼히 내려야 한다
봄바람이 분다고 서두르지 마라
너무 서두르다 보면 꽃샘추위에 얼어 죽을 수도 있단다
그렇다고 너무 늑장을 부리다 보면 싹을 틔우지 못할 수도 있어
세상을 살아간다는 것은 결코 쉬운 일이 아니란다
그러니 정신 똑바로 차려야 한다
자 가서 잘 살아야 해 사랑한다.

봉정암 가는 길

계곡 따라 봉정암 오르는 길
108번뇌 배낭에 지고
백담계곡 흐르는 물을 거슬러
수렴동 계곡에 이르면
한계에 이르던 번뇌가 사라졌다

구곡담 계곡을 오르면서 만난
흰 바위 위를 흐르는
수정보다 맑은 계곡물
마음에서 우러나오는 환호
땅을 밟고 서 있는 나의
순한 마음이 한없이 부끄럽다

내설악의 최고 절경
용아장성 기암괴석이 감싸 안은
불상 없는 적멸보궁 앞
산정에는 5층 석가 사리탑
여기 가부좌 틀고 앉아 눈 감으면
신선이 되어 하늘로 오를 것만 같다.

불면의 밤

천둥이 몰아치듯
골아대는 코골이는
세상을 향해 토해내는
순수한 불만의 소리

그대여!
사는 게 그렇게 힘이 들던가
그러나 말이지
고요 속에 불면의 밤은
더욱 괴로운 일이라네

조용한 이의 내면은
폭풍우가 몰아치고
높은 파도가 해일을 몰고 오지
끝없이 밀려오는 생각에 떠밀려
밤새 내면의 적과 싸우다
지쳐 쓰러지는 병사와 같다네.

불볕더위

흙을 다지고 불로 태운 아스팔트 위
삭막한 공간을 햇빛이 애무를 한다

후끈후끈 달아오른 대지의 체온이 퍼져
날씨는 점점 더워지고 숨이 막혀 온다

틈과 틈 사이 경계와 경계 사이에
버티고 선 작은 생명에서 경이로움을 느낀다

작은 풀꽃들이 힘겹게 선 길가에서
잡초와 화초를 가르던 마음이 무색하다

편견 속에 불쑥 솟아나는 생각들이
이 더위를 부추기고 있는지도 모른다.

비는 다솜이다

비는 온새미로 다솜이다
땅을 적시어 모두의 힘을 돋우고
하늘을 깨끗이 씻어 내고, 가람을 채운다

비는 모두에게 벗이다
메에 내리면 메로 스미어 나무가 되고
바다에 내리면 출렁이는 너울이 된다

작은 한 방울의 순수한 비가 모여
가람으로 흐르고 바다에 이르면 너울처럼
누리를 바꿀 수 있는 큰 힘이 된다

단비는 그루잠 자는 씨앗을 깨우고
꽃밭에 내리면 꽃내음이 피어오른다
마음을 적시며 내리는 비는 온새미로 다솜이다.

* 다솜 : 사랑
* 온새미로 : 있는 그대로, 쪼개지 않고, 자연 그대로, 언제나 변함없이
* 가람 : 강, 호수
* 메 : 산을 예스럽게 이르는 말
* 너울 : 바다의 크고 사나운 물결
* 누리 : 세상을 예스럽게 이르는 말
* 단비 : 알맞게 내리는 비
* 그루잠 : 깨었다가 다시 든 잠

비애

칠흑같이 어두운 밤, 비는 내리고
가슴을 파고드는 허전한 바람 소리
마음이 무거운 비가 내린다
서리서리 서럽게 비가 내린다

누가 비를 오라 한 것도 아니요
빗소리 들으라 깨운 것도 아니다
누가 나더러 서럽다 한 것도 아닌데
내 마음은 왜 이렇게 허전한 것이냐

제 인생 자기가 사는데 어쩌자고
나 홀로 불면의 밤을 지새우고
온몸으로 느끼는 싸늘한 비애는
내 마음에 추적추적 비를 내린다.

빛 좋은 개살구

초록의 환희가 단풍으로 곱게 물드는 가을
고향에서 함께 자라던 깨복쟁이 친구들을 만났다

변해버린 얼굴과 외모를 살피며 인사를 나누다
한 친구가 그동안 잘 지냈는지 묻고서

그래도 자네는 잘 살고 있는가 보다 한다
내 얼굴이 편안해 보인단다

나는 친구에게 귓속말을 합니다
빛 좋은 개살구여!

겉으로 편안해 보일지라도
속이 텅 빈 공갈빵처럼 마음이 공허하고

보기에 건강해 보여도 여기저기 상흔을 품고
가을 나무처럼 의연히 서 있을 뿐이라고,

그래도 나의 안부를 물어주는 친구가 참 고맙습니다
가끔씩 친구들 안부를 묻는 그리움을 품고 살아야겠습니다

봄이면 고향 집 담장 넘어 울긋불긋 예쁘게 꽃피우고
유월이면 새색시 얼굴 붉어지듯 탐스럽게 익어가던 살구처럼.

빛과 소금

자신을 태워 어둠을 밝히는 빛은
조건 없이 사랑을 베푸는 아버지 같다

어둠 속에서 반항의 길을 걸어도
묵묵히 기다려 바른길로 인도하는 아버지

어두운 밤하늘에 반짝이는 별처럼
땅에서는 소금의 영혼이 반짝거린다

자신을 녹여내어 낮은 곳으로 스미어
김치를 담그듯 자식에게 간을 맞추는 어머니

자신을 태우고, 조건 없이 녹아내리는
어버이는 자식에게 빛과 소금이다.

뻐꾹새 우는 사연

봄이면 찾아오는 철새 아닌 철새
뻐꾹새는 이른 새벽부터 바쁘다
마음에 드는 짝을 찾느라 바쁘고
남의 둥지 찾아 몰래 탁란하느라 바쁘다

뻐꾹뻐꾹뻐꾹, 애잔히 우짖어
다른 알보다 먼저 깨어나라고
뻐꾹뻐꾹뻐꾹, 애달픈 어미의 호소
집이 좁으니 혼자 독차지하라고
뻐꾹뻐꾹뻐꾹, 잔혹한 본능을 깨운다

여기저기 흩어진 새끼들 찾느라
뻐꾹뻐꾹뻐꾹, 유월이 분주하다
그동안 새끼들 키워줘서 고맙다 인사하고
남쪽나라로 떠나가는 뻐꾹새
뻐꾹뻐꾹뻐꾹... 먼 이국의 소리.

사순시기의 考察고찰

사순시기 성체 조배 가는 길
문득 길가에 늘어선 나목의 은행나무를 본다
잘리고 꺾인 상처마다 뭉툭 뭉툭한 상흔들
나무는 아픈 상처들을 혼자서 이겨내고 있었다

해마다 가지가 잘려 나가는 아픔을 견디며
피 흘린 가지마다 상처를 싸매고, 순교자처럼
열배 백배의 새싹을 씩씩하게 키워내고
묵묵히 소리 없는 기도를 올리고 있었다

새들은 이방인처럼 둥지를 틀고 살다가
나무들의 숭고한 사랑을 이웃에게 전하고
여름내 키워낸 열매들은 가을이 되면
쓰레기 더미에 실려 오지로 선교를 떠난다

사람들은 저마다 고루한 삶 속에서
파삭한 다리를 긁어대다가 상처를 내고
때마다 전능하신 하느님! 우리 주님! 외치며
거짓의 삶, 거짓의 몸짓으로 교회로 찾아 들었다.

나무 보살

산에는 전설처럼 오래된 길이 있다
수많은 사람들이 지나고 지나 왔을
오래된 세월만큼 허름하고 거친 산길

돌부리와 나무뿌리가 산을 지탱하고
수없이 밟아 마루처럼 반짝거리는 나무뿌리
고통을 참아가며 죽은 듯이 견디고 있다

"산에 다닐 때 되도록 뿌리를 밟지 않아"
산을 무척이나 좋아하는 친구가 했던 말은
나무들을 위로하며 산속을 떠돌고 있다

호젓한 산길 표정 없이 척 다리를 뻗어
산을 오르는 사람들에게 계단이 되어
불쌍한 중생 위해 布施 보시하는 나무 보살.

삼천사에서

우뚝 솟은 삼각산 아래
禪師 선사는 어찌 알고 터를 닦아
불쌍한 중생들 구제 핑계로
기도의 도량 마련하셨나

三川이 흘러드는 계곡물
한곳으로 아울러 치수하여
흐르는 물 위에 법당 세우고
바위 모자 쓴 마애불 모시었네

중생들이 올리는 기도와
수도승들의 간절한 기도로
세속에 물든 번뇌 토해 내면
마음의 먼지, 맑은 물이 씻어 내리네

고통과 번뇌의 세상과
극락정토의 윤회를 가르는
맑은 물이 흐르는 미타교
다리를 건너는 이는 모두 부처라.

선운사 도솔암 가는 길

걸음마다 꽃무릇 피어 반기는데
도도하게도 피어 왕비의 꽃이요
살아생전 혼자 애닳도록 사모하다
애절한 영혼이 꽃으로 핀 상사화라

그리움이 사무쳐 한없이 애달픈 마음을
고이고이 정으로 쌓아 가슴에 묻어 두고
저승의 존귀한 길 도솔천을 넘나들다
끝내 영혼을 땅에 묻어 꽃으로 피었나니

꽃 피고 지는 길목에 장사 송(長沙松) 심어 두고
한발 한발 도솔암으로 오르다
내가 그리울 때마다 울컥
각혈로 꽃을 피웠더이까?

선한 꽃 샤스타데이지

샤스타데이지 꽃을 보고 있으면
마음씨 좋은 사람을 만난 듯이 흐뭇하다

바람이 불어오는 곳을 향하여
지극히 선한 마음이 하얗게 피어 있다

좋아한다거나 사랑한다는 것은
그저 흐뭇하게 바라보는 일이다

소유하려 하거나 통제하려 들면
신기루처럼 사라지는 무형의 마음

누군가 사랑한다면
누군가를 좋아한다면

지극히 선한 마음으로 바라보아야 한다
선한 꽃 샤스타데이지처럼.

천불동 단풍

설악산에 가을이 깊어지니
그리움이 쌓여 사무치는가
누구의 속을 태우기에
저렇게 붉게 타는 것이냐?

내속이 타는데
네가 왜 좋아하고
네속을 태우는데
나는 또, 왜 좋은 것이냐?
천불동에서는 모두가 미쳤구나

천불동아!
천불동아!
어미 아비 속 좀 그만 태워라
그러다 설악산이 다 타버릴라.

성삼일

성목요일 저녁
무거운 분위기에
사람들의 표정이 울 것 같다

손 씻김 의식이 시작되고
한 사람 한 사람 손을 씻어주시는
사제의 손길도 바쁘다

사제는 이제 손을 씻었으니
옆에서 나쁜 짓을 하자 하면
나 손 씻었어, 하라신다

얼굴에 침을 뱉고, 뺨을 때리고
머리에 가시관을 씌워 십자가에
못을 박아 죽인 사람의 아들에게

어떻게 용서를 청하라고
뻔뻔함에 가슴은 미어지는데
찬란한 부활의 꿈을 꾸라네

어떻게 용서하십니까?
용서하시렵니까?
당신을 알고 싶어요. 예수님!

세상에서 가장 확실한 것

눈과 귀를 닫고
심장이 멈추면
생이 끝나고 죽음이려니

生과 死가 바뀌는 순간
세상이 바뀌는 것인가
너와 나의 연도 끊어지고

정을 끊고, 연을 끊으면
한 생이 끝나는 것이니
절대 안 된다고 말하지 마오

번거로운 세상
"생사가 다 고통이요"
생자필멸生者必滅이니.

소라 껍데기

유년 시절에 내가 살던
산자락 밑 외딴 초가집
헛간 담벼락 아래
자루에 담겨 있던 소라 껍데기

언제부터인가
소라 껍데기가
왜 그곳에 있었는지
궁금해하다
세월은 흐르고...

또 문득 궁금해진다
나 어릴 적 돌아가신
아버지는 아실 텐데
어머니도 가신 지 석삼년

울타리에 골담초 꽃이
지천으로 피어나던 봄날
꽃잎 하나 따서 아스슥 깨어 물면
문득 궁금해지는 소라 껍데기의 사연.

수덕사의 가을

발길 뜸한 고즈넉한 산사
경내를 거닐던 삭발한 수도승처럼
잎이 져버린 가지마다 빨갛게
주렁주렁 감이 익어가고 있다

여승의 낭랑한 염불 소리
산자락 따라 울려 퍼지면
감나무처럼 마음을 비우고
올라오던 언덕을 돌아가는 길

시절 인연에 예까지 오셨으니
쉬어가라 속삭이는 한 줄기 바람 속에
첫사랑의 그윽한 분향을 풍기며
댕강 나무 꽃이 수줍은 듯 피어 있다

추억에 젖어 드는 황홀한 찰나
철 지나 핀 댕강나무 꽃향기에 숨은
그대 품에 얼굴을 묻고 눈을 감으면
천상의 목소리 감미롭게 들려온다.

숙제 같은 인생

사는 게 숙제 같네
날마다 같은 날이 반복되어도
같은 날은 아니었다
날마다 주어지는 시간이
모두가 새로운 숙제인 것을

누군가 사는 게 뭐냐고
인생이 뭐냐고 묻는다면
매일매일이 다른 숙제라
숙제를 하듯 살라 하겠네
오늘은 어떤 숙제가 펼쳐질까

내가 선택하는 길 하나하나가
모두가 다른 삶들의 숙제
다른 문제들이 기다리는데
내일은 또 얼마나 가슴 설레는
수수께끼 같은 숙제가 주어질까?

술잔은 달빛을 업고

누군가 그리운 날엔
이슬처럼 마알간 고요가
물의 영혼으로 반짝인다

친구야
너 그거 아니, 물과 소주
투명한 잔에 담긴 우정을

하지만 서로 다른 특질이 있어
물을 마시면 몸을 적셔주지만
소주는 마음을 적셔주거든

물처럼 투명한 술은 밤이라야
향기가 짙어지고 침묵으로 닫힌
마음은 환한 미소로 화답하지

하얀 그리움 품고 달이 뜨는 밤
부딪치는 술잔은 달빛을 업고
마음을 적시는 친구가 있어 좋다.

숨바꼭질 놀이

실체가 보이지 않는 적과의 동거
공포와 소문만 무성한 바이러스와
숨바꼭질 3년 만에 술래가 되었다

반갑다고 격하게 껴안아서 몸살로
몸 구석구석을 유린하며 헤집다가
이내 목구멍 편도에 자리를 잡고서
불꽃놀이하는지 타는 듯 목이 아프다

산다는 건 숨바꼭질 같은 놀이가 아닐까
우리 아이들이 커가며 처음 놀아주던
숨바꼭질 놀이에도 항상 술래가 되었다

술래의 벌칙, 칠 일간 격리의 기간은
유년의 시절을 거슬러 친구들과 함께
숨바꼭질하던 때가 주마등처럼 스쳐가고
해맑던 웃음소리는 허공을 맴돌고 있다.

시월

사실
나는 시월이 좋다
지나간 푸르른 오월이
말을 바꾼다고
질투할지라도...

시월이 오면
멀리 있는 친구들이
사무치도록 그리워진다

종일 함께 놀다
헤어지기 아쉬워
돌담길 돌아가다
다시 돌아서서
빼꼼히 얼굴을 내밀고
빙그레 웃어주던
그 친구가 보고 싶다.

詩人

육신의 눈으로
바라보다
마음의 눈으로
해부하고
정신의 눈으로
분석하며

고통과
고뇌 속에서
영혼의 눈을 뜨고
피는 꽃이다

여름비

여름비는 거침이 없다

어깨를 내려치는 죽비처럼
후드득후드득 마음을 후린다

여린 잎이 애처롭게 흔들리며
쓰러져 울어도 멈추지 않는다

꽃 피고 열매를 맺을 수 있도록
스스로 일어서게 하는 훈련이다.

신록의 오월은

오월은 희망이 꿈을 꾼다
사랑의 초록색 물감을 준비하고
모두가 잠이 든 고요한 시간

산과 들에 요술봉을 흔들어
샤르르 샤르르르 색칠을 하고
날마다 조금씩 키를 키워 간다

어제는 연초록색 칠을 하고
오늘은 좀 더 짙은 초록으로
신록의 가슴을 넓혀 가고 있다

청춘이야 항상 푸르러 좋다지만
신록은 비로소 숲이 무성해지고서야
모든 이의 마음을 품을 수 있나 보다

무성한 신록을 바라보고 있으면
샘물이 솟아나듯 가슴이 벅차오르고
마음엔 평화가 강물처럼 흘러간다.

아내

당신이 옆에 있어
나는 행복합니다
소파에서 뒹굴뒹굴하면
어디선가 들려오는 잔소리

한때는 잔소리가 지겨워
화를 내고 토라졌지만
이제는 그렇지도 않네요
익숙한 멜로디처럼 몸이 반응합니다

일어나야지, 나는 살아있으니
이러한 것들이 소소한 행복으로
다가와 나를 일으켜 살게 합니다
내 곁에 당신 있어, 참 고마워요

이제는 잔소리도 정겨운 노래처럼
즐거운 마음으로 변하는 것은
믿음으로 함께한 당신 때문이지요
내 마음의 행복은 바로 당신입니다.

아버지의 별

이른 새벽잠에서 깨어 창밖을 바라보다
어둠에 가려져 침묵하고 있는 세상을 본다
문득, 오늘이 음력으로 며칠인지 궁금하다
동짓달 그믐날이 짙은 어둠의 그림자였구나

어두운 창가를 서성이는 마음을 아는지
동쪽 하늘에 유난히 밝게 샛별이 빛나고 있다
어릴 적 아버지가 전설처럼 들려주시던
옛이야기들이 생각났다

오늘은 아버지가 샛별로 오셨나 보다
반짝반짝 손을 흔들고 있다
아버지, 아버지가 그리워서
별이 보이는 창가를 서성거렸다

내 어릴 때 하늘나라로 가신 아버지
하늘에서 우리를 비추고 계셨구나
어머니와 우리 자식들을...

하늘은 야금야금 밝아오고 있는데
자식 생각에 아버지의 눈가에 눈물이 맺혔나
초롱초롱하던 별빛이 희미하다.

안부를 묻는 친구에게

파도에 떠밀리듯 다다른 2021년
바이러스가 점령해 버린 세상에
기죽지 않고 잘 지내고 있는지
답답함이 가슴을 짓누르고
동굴과 같은 어둠 속에
끝이 보이지 않는다고
낙담하지 말고 힘을 내세나

이제껏 경험해 보지 못한
세상이 어디 한두 번이었던가
날마다 반복되는 날들도
저마다 다 다른 날들이었지
그때마다 견디어내지 않았던가
보이지 않는 공포가 두렵긴 해도
희망은 늘 우리와 함께했었네

태풍이 지날 때면 자세를 낮추고
폭풍우가 몰아치면 잠시 숨을 고르고
불볕에는 나무 그늘에서 쉬어가듯이
그렇게 힘들어도 견디어 내세나
잠시 참고 견디어 내다보면
웃으면서 만날 날이 오지 않겠는가
우리 모두 힘을 내세나. 친구여!

아비의 고백

굳이 사랑한다고 말하지 않아도
불을 보듯 환하게 알 수 있지만
지난 시간에 대한 회한처럼
후회와 고백의 시간이 필요하다

사랑하는 딸들이 크는 동안
행복의 에너지가 충만했었지
지금도 너희들을 바라보면
흐뭇해서 웃음이 절로 난다

하지만 아쉬운 것도 있었어
안돼, 하지 마, 그러면 안 되는 거야
이렇게 해야지, 하는 말들은 모두
불필요한 강요와 협박이었네

머리로는 너희에게 친구 같은
아빠라면서 가슴은 아니었네
미안하구나. 나를 용서해다오
알고 있겠지, 그래도 사랑이라는 것

얼마나 너희를 사랑하냐면
너희들의 행복을 위해 항상 기도하는 걸
아빠는 너희들이 행복했으면 좋겠어
산다는 건 행복을 찾아가는 여정이니까

항상 환하게 웃는 모습만 보고 싶지만
때로는 눈물이 날 때도 있을 거야
그때마다 힘을 내는 거야, 나의 친구들아
우리에게 와줘서 고맙고 감사하다. 사랑해!

어떤 목련

서북병원 가는 길은 알파벳 A자의 형태로
서로 다른 곳에서 거리를 두고 시작하지만
길은 중간에서 서로 비스듬히 이어져 있다
길이 이어지면서 갈라진 땅은 변의 길이가
서로 다른 삼각형, 기하학으로도 설명이 안되는
사람들의 복잡한 이해관계가 얽혀 있다

집이 되지 못한 모서리에 목련이 심어지고
남쪽으로 향한 가지가 꽃을 피우다 지고 나면
북쪽을 향한 가지는 그제야 꽃망울을 터트렸다
이해관계가 얽히고설킨 사람들이 편을 가르듯
나뭇가지는 보수와 진보처럼 서로 갈라져 있다
서로 다른 思考 그 길의 끝은 병원을 향해 있다.

어머니

어머니!
"어제는 어머니 생각에 열 살 적, 아내의 눈시울이 붉어졌어요."

아침 이슬을 머금은 채
청아하게 피어난 연꽃이
어머니를 닮았더이다

당신의 인자한 미소는 부처님의 자비를 닮아
선녀인들 질투하지 않을 수 없지요
다소곳이 미소만 짓고 계셔도
힘이 되는 어머니

이제는 무엇이 사랑이리까
희미한 기억으로 자식을 위해 기도로
하루를 보내시는 어머니
무엇이 그리도 애달프신가요?

사랑한다는 말이 사치인 듯
그렇게 망설이는 자식들을
그 고운 미소로 쓰다듬어 주세요
어머니! 사랑합니다.

어머니!
자식들을 너무 사랑해서 기억을 저편에 묻어 두셨나요?
"오늘은 육순六旬의 아내가 애달아 울더이다"

어머니의 세월

하얀 백합꽃 짙은 향기가
집안에 온통 가득합니다
어머니 환한 웃음을 닮아
조용히 눈을 감고 인자한
당신을 마음에 그려봅니다

인고의 세월을 웃음 속에
녹이고 녹여 자식들에게
양분되어 기죽지 않도록
모질게도 견디어 내시고
예쁘게도 키워 내셨지요

백년해로 약속도 무심하게
먼저 가신 아버지가 그리워
불면의 기나긴 밤 꺼이꺼이
포도처럼 주렁주렁 매달린
어린 자식들 걱정에 주르르

모진 세월을 어찌 견디시고
부모라서 묻어두고서 지낸
긴 세월이 서러워, 어두운 밤
창가에서 당신이 보고 싶어
불면의 그리움을 토해 봅니다.

어머니의 촛불

촛불 하나
제 몸 다 태우도록
바람 속의 삶은
마지막 남은
작은 심지마저
다 태우려
아아악 아악
고통을 뱉어내며
바람 속을 견디고 있다

다 태울 일이 무언가
꺼질 듯 꺼질 듯
바람에 흔들리는 고통
사랑도 어찌 못해
상처 없이 아픈 가슴
이제 인연의 끈을
살며시 놓아드리고 싶다
애처로운 눈물
닦아드리고 싶다.

엄마의 가을 이야기

가을 햇살의 유혹을 이기지 못해
뒷산으로 나들이에 나선 엄마
붉게 물들 화살나무 잎을 보며
세월이 화살처럼 빠르다고 말한다

나무를 안아주고 꽃을 쓰다듬으며
데구루루 구르는 도토리를 주워 들고
유년 시절의 생각이 떠오르는 듯
함박만 한 입으로 꽃처럼 웃는 엄마

손에든 도토리를 보며 상념에 젖어
지워진 메모리 파일을 복구시키듯
추억이 보물처럼 쌓인 소녀 시절로
해맑은 웃음 따라 여행을 떠난다.

엄마의 바다 구강포

봄 햇살이 새순처럼 그리워
뜨락에 앉아 눈을 감으면
따스한 미소를 머금은 엄마처럼
포근하게 어깨를 감싸 안는다

유성처럼 흐르는 엄마의 추억
어린 아들 손잡고 친정 가던 길
고갯마루 밭둑에 발길 멈추고
지난날을 회상하듯 바라보던 바다

"저기가 구강포란다" 하고
아쉬운 한숨을 쉬시던 엄마
바다를 친구 삼아 이야기하던 소녀는
꿈속에서도 너를 잊지 못했다

훠이훠이 흔들리는 갈대야
엄마 친구 구강포야
소싯적 우리 엄마
꿈과 희망은 무엇이라 하더냐.

영랑호에는 그리움이 있다

난, 그냥 영랑호가 좋다
범바위 등에 타고 노는 아이들의 환호소리
내 어릴 때처럼 다시 돌아왔다

명경지수에 하늘이 얼굴을 비춰보고
햇살 바람에 은 비늘이 하늘거리면
그리운 친구의 얼굴들이 반짝거린다

고요하면 고요한대로
흔들리면 흔들리는 대로
턱 괴고 오래도록 앉아 있고 싶다

곁에 누군가 있어도 좋고
나 혼자 있어도 외롭지 않다
그냥 그렇게 앉아 그리움이 된다

호수 건너 사랑하는 사람이 문득
거북이처럼 천천히 지나가고 지나온다
나는 그렇게 우주처럼 호수에 앉아 있었다.

영혼의 비상

호랑나비 애벌레가
나뭇잎을 갉아먹듯
사각사각사각사각
육신을 갉는 소리 들린다

야금야금 영혼을 키워
흔적 없는 바람처럼
육신의 허물을 벗어내고
새 세상 향한 비상 꿈꾸다

찬란한 부활의 날개 펴고
무지갯빛 하늘로 오르면
세상을 갉아먹던 육신도
눈 녹듯 대지로 스며든다.

양재동 성당

아침마다 묵주기도 하며
주님의 집 앞을 지날 때마다
두 팔을 벌려 맞아주시는 예수님

마당 한 편에 두 손을 모으고
우리의 기도를 전구하시는 성모님 따라
목련도 하얀 꽃을 피우며 기도 하나 봅니다

목련 아래 소나무도 두 팔 벌리고
성모님과 목련을 따라 기도하고 있습니다
간절한 기도가 하늘에 닿을 때마다

목련 꽃송이 하나 떨어지고
떨어진 꽃잎은 아쉬움에
소나무 위에서 다시 한 번 꽃을 피웠습니다

기도가 색깔이 있다면 하얀색이겠지요
사랑을 잉태하시고, 사랑을 낳으신 성모님
예수님은 사랑입니다.

오월 예찬

산들바람이 나부낀다
오 오 아름다워라!
초록 숨결의 속삭임
그 이름만으로도 벅차오른다
하늘을 향한 그리움이
그렇게 깊어 차곡차곡
높은 산을 이루고
연둣빛이 익어가는 초록은
오월을 노래한다

가지마다
꽃은 덤으로 피어나
향기로 유혹하지만
어쩌랴 꽃보다 아름다운 푸르름이여!
우거진 떨기 속
새들의 맑은 지저귐처럼
그리움이 사랑으로 다가와
속삭이는 오월

오월은 가장 순수한 빛깔이다
그 어떤 마전장이도
흉내 낼 수 없는 푸르름
초록의 형상으로 펼치는 향연을
그저 눈으로 볼 수 있음에
감사하고 행복한 계절
오 호 홍!
감탄의 은혜로운 오월이다.

오월이 좋다

신록을 바라보고 있으면
잡다한 생각들이 멈추고
잔잔한 호수처럼 평화가 찾아온다

무욕의 행복이란 이런 것이리라
우주를 유영하듯 자유로운 영혼의
빈 가슴을 기쁨으로 채우는 오월

신록의 오월을 기다리는 동안
몇 달은 마음이 들떠 지내고
기다림의 긴 공간을 행복으로 채우다

모래시계 궤적처럼 오월을 비우며
뜨거운 여름도 족히 버티나니
들뜨고, 비우며 사는 청춘이 좋다.

오죽헌의 하루

눈이 부시게 아름다운 오월
검푸른 대나무숲에 둘러싸인
오죽헌 뜰을 아내와 함께 거닐다
뜰 앞에 활짝 핀 함박꽃이 반가운 듯
아내의 얼굴이 활짝 꽃을 피웠다

미소 짓는 꽃잎을 쓰다듬으며
행복해하는 아내의 표정에서
오래전 신사임당의 모습을 본다
마루에서 쓰던 글을 잠시 멈추고
뜰에 내려와 함박꽃을 쓰다듬고 있다

어린 자식을 품에서 떠나보내고
허전한 마음을 달래려고 뜰 앞에
함박꽃 심어두고, 이제나저제나 하는
그리움을 글로 써내는 숭고한 어미의
마음을 위로하듯 함박꽃이 활짝 피었다.

욕망의 그림자

내면의 생각을 숨기고
평온한 얼굴을 하고 있지만
욕망의 그림자가 꿈틀댄다

세상에 적응하기 위해
가면으로 얼굴을 가리지만
온몸을 휘감는 정열의 불꽃

지금의 현실에 만족하고
감사하다 말을 하고 있지만
심연에서 솟아오르는 불덩이

불의 씨앗이 용트림하듯
부글부글 끓는 마그마처럼
내 가슴은 화산을 품고 있다.

유월의 연서

유월의 가슴은 타는데
그대는 식어버린 오월이런가
열릴 것 같은 그대 마음은
칠월이 아니던가요

초록빛으로 타들어 간
유월의 향연도
대지의 열기를 식히듯
모든 걸 식혀버릴 것 같은 소낙비에도
이 가슴은 뜨거운데

그대 마음 닫혀버린 오월이런가
창문을 열 듯
칠월이 열리듯
그대 마음 열 수 있다면
나 그대 마음의 문을 열고 싶소.

은방울 꽃

숲속 파란 대문
요정들의 집에서
동그란 숨결이
또르르 또르르르
창문을 두드리며

초록별 방울 주머니에
밤새워 희망을 채우고
아침 이슬처럼
또로 롱, 또로 롱
행복한 웃음소리

청사초롱 불 밝히고
대롱대롱 행복의 문으로
폴짝
요정들이 내려왔다
은방울꽃이 피었다.

銀婚 축일에 부치어

어느 날 문득
잠에서 깨어 거울을 보다
낯선 얼굴을 보듯 변해버린
나의 모습처럼 그렇게 흘러간 25년
찰나와 같은 과거가 있었네요

잘 하겠다던 처음의 약속도
무심히 잊어버리고 살았군요
세월은 항상 서운한 감정만을 남기고
저 멀리 내닫고 있지만

우리는 늘 그 무게에 변하고 있는
얼굴에 화장을 지우듯
오래전 다락에 넣어 두었던
낙서장을 꺼내어 먼지를 슥슥 닦아내듯

처음에 약속을 꺼내어 묵은
마음을 다시 닦아 봅니다
당신 참 대단합니다
뭘 믿고 그 어디에도 없을 인내로 견디어 왔는지

고맙습니다
감사합니다
사랑합니다
오늘 은혼 축일에 부치어
처음 약속을 새겨 봅니다.

二千十三年 四月 二十四日

제목 : 은혼 축일에 부치어
시낭송 : 박영애
스마트폰으로 QR 코드를 스캔하면
시낭송을 감상할 수 있습니다

이팝나무 꽃

이밥이 하얗게 꽃으로 피어
바람에 너울너울 춤을 춘다
우리 엄마가 좋아하시겠다

보리밭은 아직도 푸르른데
자식들 끼니 걱정에 잠 못 들고
설움에 울던 눈물의 보릿고개

천사의 양식 흰쌀밥을 자식들에게
배불리 먹이고 싶어, 소원하시던
영원의 사랑 어머니가 보고 싶다

오늘은 하얀 이팝나무 꽃 속에
활짝 웃고 계시는 우리 어머니
자식 생각에 하얀 쌀밥이고 오셨나 보다.

梨花

하얀 배꽃이 피면
내 그리움도 같이 핀다

눈같이 하얀 배꽃 속에
어여쁜 누이가 있다

심성이 착하고
천사처럼 고은 미소

해맑게 웃던
어릴 적 누이가 있다

하얀 면사포 너머
배꽃이 누이처럼 웃고 있다.

인제 천리 길을 걷다

영원할 것처럼 울창하던 숲은 잠시
행복한 대지의 눈을 가리고 귓속말로
열매가 열리는 희망을 이야기하지만
추운 겨울이 올 거라 말하지 않았다

아무도 말해주지 않던 겨울 산길에
저만치 앞서가는 친구의 뒷모습은
혼자서 말없이 고독을 삼키며 걷는
외로운 구도자의 고뇌가 깊이 배어 있고

상상의 문을 열고 터벅터벅 걷는 길
엄마의 자장가처럼 계곡을 흐르는 물소리
아이처럼 칭얼대던 허상은 잠이 들고
이마에 기분 좋은 땀방울이 맺혀 있다

친구와 함께 걷는 끝이 보이지 않는 길
파란 하늘처럼 행복한 마음이 동행하고
바스락거리며 들려주는 낙엽의 고뇌는
아내의 잔소리처럼 귀를 흘리며 걷는다.

자아도취

괜스레
기분 좋은 날이 있습니다
거울을 보고 웃어 봅니다
웃는 내 모습이 멋지고
참 사랑스럽습니다

자아도취
나르시스
착각

그럴 수 있습니다
그래도
방긋 웃으렵니다
산다는 건
결국 나와 내가
행복을 찾는 일이니까요.

잡초를 뽑다가

굳은 땅에 비가 내리니
땅이 가슴을 열어 싹을 키운다
대지의 마음이 열리는 것이다

잡초는 심지 않아도 땅이 키우고
꽃씨도 심으면 잡초처럼 싹을 틔웠다
같은 땅에 뿌리를 내리는 것을

누가 잡초요. 누가 꽃인가
본시 꽃과 잡초의 구분도 없는데
내가 심으면 꽃이요. 뽑으면 잡초란다

바람 속을 잡초와 꽃이 의지하며
서로 친구처럼 등을 기대며 살다가
잡초를 뽑으니 꽃이 슬프게 울었다.

잡초의 봄

기다리고 반기는 이 없어도
가장 먼저 땅 위로 손을 뻗어
자식 위해 헌신하는 아비처럼
부지런히 봄을 준비하는 잡초

이미 많은 뿌리를 내리고
일찍 일어나는 근면함으로
얼굴이 샛노랗게 멍이 들어도
기회만 있으면 고개를 내미는 집요함

잡초라고 돌무더기에 버려져도
희망의 끈을 놓지 않는 끈질김
열정으로 묵묵히 살아내는 모습이
가슴 시리도록 아름다운 잡초의 봄.

절망이 나를 붙잡을 때

초점 잃은 눈빛은 전의를 상실한 채
허공을 맴돌다 어느 녹슨 철길 위에
허접한 쓰레기처럼 널브러진 모습으로
기적 없는 열차에 밟히어 흩어진다

목적 없이 휑한 하늘에 노을 지면
절망이 돌아가자 떠미는 영혼아
돌아가 반길 이 없는 삭막한 세상
떠밀지 마라, 나 세상을 등지면 그뿐

무엇이 서러워 눈물을 흩뿌리는가
저승보다 이승에 남아 춤추며 가자
고통이요 고해인 세상과 맞짱 떠서
개선장군처럼 당당히 어깨 펴리라

이제는 더 흘릴 눈물도, 더 잃을 것 없다
내가 흘린 눈물은 헛된 것이 아니다
미지의 세계에 두려움 없는 마음으로
상처뿐인 몸과 마음 추슬러 일어나 가자.

조건 없는 사랑

배냇저고리의 하얀 손
아기는 기분이 좋다
손을 움켜지고 발로 바둥대며
옹알이하는 우리 천사
가까이서 눈 맞추면 까륵까륵
아기 손이 귀여워 사근사근
발가락도 앙앙 깨물어 본다

사랑의 봄비가 내렸다
대지를 흠뻑 적시어 생기 돋우고
아기 손을 닮은 여린 나뭇잎을
아침부터 바람이 흔들고 있다
살랑살랑 울렁울렁 속삭이며
아래서 위로 흔들며 사랑스럽게 부추긴다
다정하고 부드러운 손길이 조심스럽다

아하항!
봄비 엄마
바람 아빠도
그렇게 키우는구나
비를 내려 흠뻑 적시고, 손가락을 사근사근
발가락을 앙앙 깨물면서
그렇게 놀아주고 있구나.

제주의 바다

삶의 풍상이 너무 크다면
성산 일출봉에 올라보시라
저 넓은 바다 저 깊은 바닷바람이 실어 오는
이야기에 귀 기울여 보시라

고요한 저 심해는 거친 파도의 어머니요
파도는 엄마를 그리워하는 딸의 몸짓이리다
성산포로 가는 언덕을 해풍을 맞으며 걸어 보시라
바람이 없으면 제주가 아니지
바람이 없으면 인생이 아니지

가슴 아프고 잊기 힘든 슬픔을 가슴에 품고
바다에 묻고 살아가는 사람들을 보시라
서로 다른 사람, 서로 다른 나무, 서로 다른 꽃들이
아프고 서러워서 흘린 눈물들이 모여서 바다인 것을

파도는 하얀 거품을 몰고 철벅철벅
모래 위에 사르르 거품을 묻고 간다
거품이 그리워 다시 오지만 또 거품을 묻고 간다
하염없이 모래에 묻고 가슴에 묻어 잊으려 하지만
파도는 잊을 수 없는 게 있나 보다

아! 그들의 넋이었구나
성산 일출봉의 서글픈 표정도
광치기 해변의 파시시한 물빛도
우뭇개 언덕의 무지막지한 바람도
슬프고도 아름다운 파도도
영문을 모른 채 눈물이 날 듯 서글펐던 허공
이념이 무언의 표정에 돌아섰던 것을...
이제는
하늘빛 고은 햇살로 사랑의 마음을 비추며 오시라.

제목 : 제주의 바다
시낭송 : 최명자
스마트폰으로 QR 코드를 스캔하면
시낭송을 감상할 수 있습니다

죽순

비가 내린다
우후~
죽순이 좋아하겠네

몇 년을 땅속에서
뿌리만 키우다가
어제부터 비가 올 거라고 말하니

땅속에서 쿵쿵
啄同時줄탁동시
하늘과 마음이 통했나

으랏차차~
기합소리 울리며
삿갓 장대 밀어 올린다.

쥐똥나무 꽃

밤 하늘에 반짝이던 별들이
새벽이면 작은 꽃으로 내려와
초록빛 나뭇잎 이불 삼아
아기처럼 새근새근 잠이 들고

백합이 좋아 백합꽃 형상으로
하얀 아카시아꽃향기에 반해서
작은 꽃 속에 짙은 향기 품고
햇살에 반짝이는 이슬의 영혼으로

도시를 서성이던 바람의 친구 되어
초록 물결에 격하게 흔들리는 별꽃
아이 좋아라. 짙은 향기 풍기며
희망을 노래하던 꽃이 지고 나면

꽃 진 자리 욕심 없는 마음이
쥐똥만 해서 얻은 서러운 이름
작은 열매로도 행복해 반짝반짝
별의 향기를 품은 쥐똥나무 꽃.

사랑과 행복이 피어나는 집

첫날의 어색함도 잠시, 정이 들고
친구처럼 편안한 우리의 보금자리로
봄여름 가을 겨울 자연이 순환되는
날마다 웃음꽃이 피어나는 사랑의 집

찬란한 아침 해가 떠오르는 창으로
변해가는 세상 풍경을 그대로 전해주고
자연의 색으로 아름다운 그림을 그리듯
가장 멋진 액자를 창틀에 걸어 두었네

왼쪽에 낮은 동산이 북풍을 막아주고
매일매일 조금씩 변해가는 풍경은
살아갈수록 짙어진 그리움을 품고
사시사철 아름다운 꽃이 피어나는 정원

봄이면 벚꽃이 눈송이처럼 만발하고
오월이면 그윽이 풍겨 오는 아카시아꽃향기
여름날 초록이 눈부신 행복의 문을 열고
어린아이의 해맑은 미소가 피어 나는 집.

지리산

이 보소
어느 누가 세상을
견딜 만한 사람이 어디 있답니까
고뇌가 실타래처럼
얽히고설키어
답답해서 자리를 박차고
이렇게 나서는 게 아니겠소
제발 세상이
견딜만하다 말하지 마오

정신 차리고
세상 둘러보니
나를 품어줄 어버이는 없더이다
내 어버이는 어디에 있답니까
자연에서 왔으니, 자연에 있지 않겠소이까
그래 내가
아버지 품에 안기려고 왔으니
제발 견딜 만하면 오지 마라
하지 마소.

지실 꽃 추억

가슴이 시린 가시덩굴 속에서
아기 탱자 꽃이 피어난다
하얗게 하얗게 슬픔으로 피어나는
아기 탱자 꽃이 눈물을 쏟아 낸다
가납사니 저 앙상한 가시 숲에서
슬픔으로 오는 봄은 어찌 알고
단숨에 활짝 열어젖힌 가슴

그리운 고향 과수원 가시울타리
거적 덮어 뛰어넘던 그 시절이
보릿고개의 탱자 꽃으로 피어나고
허기진 배 물로 채우며, 참았던 설음
튀밥을 튀겨 내듯, 울컥 터트리면
앙상한 가시 위에 애처로운 눈물방울
하얗게 하얗게 꽃으로 피어난다.

* 가납사니 : 말 다툼을 잘하는 사람
* 티밥 : 쌀 뻥튀기

지하철에 비친 풍경

개미들이 건설한 땅 밑 도시
날씬한 개미들의 몸놀림처럼
CCTV 8배속으로 본 영상은
사람들이 영락없이 개미 떼 같다

뚱뚱한 개미들의 바쁜 출근길
미끄러지듯 땅굴 속으로 향하고
졸린 눈의 자동문이 열리면
틈을 비집고 자리를 잡고 선다

비좁은 공간 앉을 자리가 생기면
엉덩이를 들이민 엉거주춤한 자세
앞으로 쏠리고 뒤로 밀리는 사이
천천히 허리를 곧게 추켜세운다

옆에 앉아 있던 사람이 내리면
본래 내 자리처럼 움츠린 어깨를 편다
옆 사람에게 밀리지 않고 조금은
텃세를 부려도 되는 완벽한 자리다.

진관사에서

바람과 물과 자연이 어우러진
한적한 곳 천년의 태고가 그립다
바위 위에 바위가 있고
나무 뒤에는 또 나무가 있어 숲이 되고
물밑에는 또 물이 흐른다

극락교를 건너 전생의 거울 위에
윤회를 가르는 맑은 물이 흐르고
부처님을 영접하는지 자비의 마음이
비우려는 마음에 가득하다

실바람 맞으며 앉아 쉬는 이에게
어디서 왔는지 작은 벌이
날아와 친구를 청한다
전생에 그는 나의 친구였을까

인연이란 억겁의 만남에서
맺어진 것이기에 더욱 소중하다
속세의 어지러운 생각을 내려두니
이제야 평화로운 풍경이 눈에 환하다

세심교에는 마음을 씻어내는 물이 흐르고
내 허상들을 씻어낸 물도 따라 흐른다
깊은 상념에 빠져 몽롱한데
뒤 부르는 소리 있어 돌아보니
이끼 위를 흐르는 물소리다.

참새 가족

초등학교 담장에 기대선
애기 단풍나무에는
참새 가족이 살고 있다

아침 출근 시간
참새들도 출근하는지
꽤 시끌벅적하다

몇 마리씩 짝을 지어
후드득후드득 날아간다
제법 식구들이 많은가 보다

저녁 퇴근 시간
참새들이 퇴근했는지
여유로운 시간을 보내고 있다

사람들이 오가는 길에
낙엽처럼 사르르 내려앉았다가
포르르 비행기처럼 나무로 오른다.

처서處暑

땅에서는 귀뚜라미
등에 업혀 오고, 하늘에서는
뭉게구름 타고 온다는,
선인들의 말이 묵향처럼 퍼지는 날
아낙들은 눅눅한 옷을 볕에 말리고
선비는 그늘에서 책을 말리는 처서

곡식들은 여름내 키를 키우다
멈추고 씨앗이 여무는 시간
어정칠월 지나 건들팔월은
처서에 장 벼 이삭 패듯
다가오는 가을이 마냥 부럽다
뙤약볕이 살갑게 내리쬐는 햇살 그리운 날.

천사와 장난꾸러기

어린아이는 천사 같다
해는 어린아이처럼 장난꾸러기다

우리 천사는 등 뒤에서
아빠의 두 눈을 손으로 가리고
누구인지 알아맞혀 보란다
손을 만져보고 등 뒤로 다리를
만져봐도 아빠는 알지 못한다
누굴까 옆집 언니가 왔나~
아이는 까르르까르르 해맑게 웃으며
풋풋한 엄마의 젖 내음을 풍기며 안겨 온다
아빠는 천사를 안아서 행복하다

해는 어린아이처럼 장난꾸러기다
여명을 비추며 서서히 다가오다
우리 천사는 아빠 등 뒤에 서는데
해는 우뚝 솟은 건물 굴뚝 뒤에 숨어서
누구인지 알아맞혀 보란다
눈을 감고 모르는 척 꼼지락거리면
해는 조금씩 조금씩 다가선다
손바닥으로 눈을 가리고 돌아누우면
햇살로 등을 두드리며 투정이다
나는 웃으며 해를 안고 일어선다.

첫사랑의 추억

진열대에 놓인 조생종 풋사과
초록빛 풋풋한 순정을 품었다

예쁘고 매끄러운 것을 고르다
겉이 까칠한 사과를 들고 들여다본다

어떤 가슴 아픈 사연이 있을까
거친 여드름 자국처럼 까칠한 얼굴

바람이 지나가는 자리에 매달려
가지에 부딪히고 긁힌 상처가 아문 자리

그 모진 수난을 참아가며 순정을
지키기 위해 몸부림치는 모습이 눈에 선하다

첫사랑의 추억처럼 애틋함이 묻어나는
겉이 까칠한 사과 하나 바구니에 담는다.

초원의 사랑

풀들의 조용한 속삭임이 나를 깨운다
나는 살며시 일어나 명상에 잠긴다

이른 아침에 초원을 걸어간다
내가 걸으니 초원이 따라 걷고
물이 흐르니 구름도 따라 흐르고
내 마음도 따라 흘러간다
나는 이미 내가 아니다
초원에 지천으로 피어난 야생화는 이 땅을 지키던
병사들의 넋이 꽃으로 피어난 것이다
아직 오지 않은 영웅을 기다리는 꽃들이 애처롭다
저들의 넋을 깨우러 영웅이 오는 날
꽃들은 다시 일어나 함성을 울릴 것이다

어제보다 밝고 빛나는 태양이 뜨고
더 밝고 빛나는 새로움이 되었다
이렇게 밝고 맑은 해를 이제껏 본 적이 없다
나는 벌거숭이가 되어 산과 어깨동무하고
푸른 초원과 서로 손잡고 하나가 된다
아름답고 평화롭게 녹아드는 영혼의 대지와
눈이 시리도록 파란 하늘에 피어나는 뭉게구름이
밤이 되면 찬란한 별빛으로 쏟아져 내린다
소행성 B612호에서 어린 왕자도 함께 온다
중요한 것은 눈으로 보는 것이 아니라
마음으로 보아야 하듯이~
헤아릴 수 없이 많은 사랑이 내게로 온다.

촛불 켜고 기도하는 밤

어둠 속에서 길을 잃고
절망의 늪에 빠진 사람에게
불빛은 광명이요 희망이다

바람 앞에 촛불이
쓰러질 듯 애처롭게 흔들리다
여명이 찾아오면 밤을 여윈 불빛은
짝 잃은 기러기처럼 서럽게 흐느낀다

고요한 밤
촛불을 바라보고 있으면
불꽃이 두 손을 공손히 모으고
하늘 향해 기도를 올리고 있다

이제까지 살아온 날에 감사하고
참회의 눈물도 흘리며
모질던 세월도 용서하고
사랑의 마음으로 살자 다짐하는 밤이다.

친구

저 외로운 길에
그대마저 없었다면
얼마나 외로웠을까

풀과 나무와 구름에게
꽃처럼 말을 걸어
그들의 친구가 되려고

몸을 낮추어 속삭이고
구름 떠있는 하늘은
얼마나 올려다보았을까

그러다 이내
바닥에 누워
꽃이 되려고
꽃의 흉내를 냈겠지

삶은 아무도
가르쳐 주지 않기에
눈에 보이는 대로 느끼며
몸부림치면서 살아왔겠지.

가을이
나에게 묻는다

김영수 시집

2024년 11월 4일 초판 1쇄
2024년 11월 6일 발행
지 은 이 : 김영수
펴 낸 이 : 김락호
디자인 편집 : 이은희
기 획 : 시사랑음악사랑
연 락 처 : 1899-1341
홈페이지 주소 : www.poemmusic.net
E-Mail : poemarts@hanmail.net

정가 : 10,000원
ISBN : 979-11-6284-570-7